AF312234

# CATALOGUE

DE

# PEINTURES & D'ESTAMPES

## JAPONAISES

### DE PEINTURES CHINOISES

DE

### MANUSCRITS PERSANS, ARABES & TURCS

A MINIATURES ET ENLUMINURES

PROVENANT

## DE TROIS COLLECTIONS PARISIENNES

QUI SERONT VENDUS

Hôtel des Commissaires-Priseurs, rue Drouot, 9,
Salle n° 7

## LE MERCREDI 8 FÉVRIER 1893

A DEUX HEURES PRÉCISES

Par le ministère de M<sup>e</sup> MAURICE DELESTRE, Commissaire-Priseur,
rue Drouot, 27

Avec l'assistance de M<sup>e</sup> ERNEST LEROUX, Libraire-Expert,
rue Bonaparte, 28.

*EXPOSITION PARTICULIÈRE, 10, RUE COETLOGON*
Le Samedi 4 février 1893, de 2 à 5 heures.

# PARIS

## ERNEST LEROUX, ÉDITEUR

28, RUE BONAPARTE, 28

1893

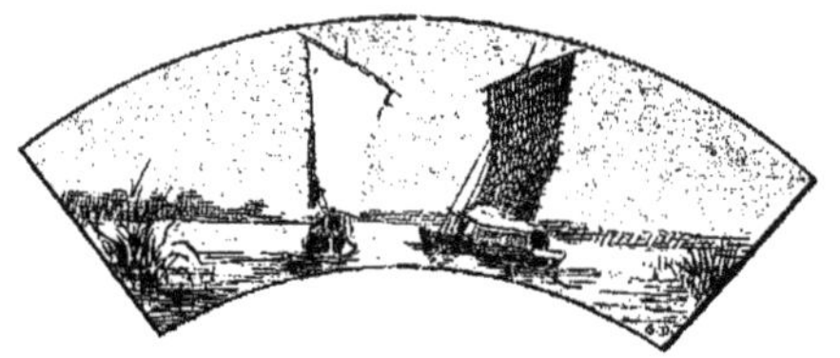

# CATALOGUE

DE

# PEINTURES & D'ESTAMPES

## JAPONAISES

## DE PEINTURES CHINOISES

DE

## MANUSCRITS PERSANS, ARABES & TURCS

### A MINIATURES ET ENLUMINURES

PROVENANT

## DE TROIS COLLECTIONS PARISIENNES

QUI SERONT VENDUS

Hôtel des Commissaires-Priseurs, rue Drouot, 9,
Salle n° 7

## LE MERCREDI 8 FÉVRIER 1893

A DEUX HEURES PRÉCISES

Par le ministère de M⁰ Maurice DELESTRE, Commissaire-Priseur,
rue Drouot, 27

Avec l'assistance de M⁰ Ernest LEROUX, Libraire-Expert,
rue Bonaparte, 28.

*EXPOSITION PARTICULIÈRE, 10, RUE COETLOGON*
Le Samedi 4 février 1893, de 2 à 5 heures.

## PARIS

ERNEST LEROUX, ÉDITEUR

28, RUE BONAPARTE, 28

1893

# ORDRE DE LA VACATION

89 à 164

1 à 88

—————

## CONDITIONS DE LA VENTE

La vente sera faite au comptant.

Les adjudicataires payeront cinq pour cent en sus des enchères, applicables aux frais.

M. Ernest Leroux se chargera des commissions des personnes qui ne pourront assister à la vente.

# PEINTURES & ESTAMPES

## JAPONAISES

---

## PREMIÈRE PARTIE

1. **Isé monogatari.** — Roman du x^e siècle attribué à l'empereur Kwan-San. Édition illustrée de 1608, 2 vol. in-4°, grav. en noir.

> OUVRAGE RARISSIME ; exemplaire d'une beauté de tirage et d'une conservation tout à fait exceptionnelles.
> Cette édition fameuse est, dit M. Duret, le premier ouvrage qu'on doive à l'art de la gravure sur bois venu de la Chine au Japon.

2. **Shokwado.** Peintre de l'école de Kano, mort en 1639.

   Album de gravures noires et teintées, in-4°, cart., gravé en 1804. (Rare).

> « Shokwado, dit M. Gonse, a été également connu sous le nom de Shójo. Le génie de ce maître dont les œuvres peintes sont de la plus grande rareté, se révèle à nous par un recueil en deux volumes (Yédo, 1804), d'un choix de ses peintures. Ce recueil, gravé de la plus merveilleuse façon dans des gris estompés et des tons pâles, rend avec toute l'illusion du fac similé l'aspect des grisailles originales. »

3. **Yen o gwa fou.** — Collection des dessins d'*O-Kio* : personnages historiques chinois, divinités, fleurs, oiseaux, paysages, etc. Kioto, 1837, 2 vol. in-8°, grav. à plusieurs teintes.

> O-Kio fut le premier qui substitua au style conventionnel de l'école chinoise l'étude directe de la nature et son école amena une véritable révolution dans l'art de la peinture.

4. **Peinture à l'aquarelle.** Musicienne des rues jouant du shamisen. Aquarelle sur soie.

## TORI-I KIYONAGA

5. Les promenades au temple des Sept Foukoudjin (Dieux du Bonheur). Suite de deux planches de format carré, en bon tirage.

> Dans un paysage de printemps, égayé par le feuillage rose des cerisiers en fleurs, cinq jeunes femmes vident des coupes de saké, en face de petits édicules supportant des statuettes d'Ébisou et de Daïkokon.

6. Même série. Deux planches de format carré.

> Cinq gracieuses jeunes femmes devant la statue d'Hotei, abritée sous un toit de paille. Le paysage est teinté en grisaille, avec des rehauts de rose pour le feuillage des cerisiers.

7. Les guéshas. Deux estampes, de format carré, représentant l'une des guéshas en promenade, l'autre des guéshas préparant leur shamisen. De la série des *Mœurs des femmes*.

8. Une dame de la Cour en somptueux costume, debout, un éventail à la main. De la série des *Mœurs des femmes*. — La Barque. Trois jeunes femmes dans un bateau. De la série *Onna ima gawa*. Éducation des femmes.

9. La sortie nocturne. Une grande courtisane, accompagnée de ses deux petites suivantes, et précédée d'un porteur de lanterne. — Intérieur de maison verte. Une servante apportant le dîner à deux dames : Deux estampes de format carré, en très bon tirage.

10. Les dix parfums des maisons vertes. Suite de deux planches d'une charmante tonalité grise et rose.

> Promenade de courtisanes accompagnées de leurs petites Kamouros, pour l'exhibition des nouvelles toilettes d'hiver à travers le quartier du Yoshiwara.

11. Même série. Scènes d'intérieur. Deux planches de format carrés, à teintes roses, mauves et jaunes.

> Une jeune femme à qui un homme offre du saké qu'elle semble refuser. — Jeune femme à sa toilette.

12. Même série. Scènes d'intérieur. Deux planches, de format carré.

> Une courtisane étendue sur un lit et fumant sa pipette. — Une autre regardant dans la rue.

13. Même série. Promenade nocturne de courtisanes en riches costumes. Deux planches de format carré, en très beau tirage.

14. Même série. Trois jeunes femmes entrant dans une chambre. Estampe à tons roses élégants.

15. La Volière. Curieuse estampe, de format carré. Deux jeunes femmes examinant à travers un grillage des canards mandarins.

16. **Tori-i Kiyomassa.** — Promenade au temple des Sept Dieux du Bonheur. Suite de deux estampes de format carré.

> Charmante composition, comprenant neuf personnages, hommes, femmes et enfants, sur un fond de paysage traité en grisaille. Les femmes, en costumes roses et mauves, sont coiffées de cet élégant bonnet en papier dont Outamaro et Toyokouni aiment à parer leurs femmes dans quelques-uns de leurs plus célèbres triptyques. A noter l'attitude gracieuse des deux femmes se retournant vers le jeune Samouraï qui les accompagne.

17. **Shounsho.** — Deux acteurs en costumes guerriers, pour danse de No. — Shounko. Un acteur en robe noire. avec un grand parasol. Trois estampes en hauteur.

18. — Trois estampes en hauteur. — Deux bonzes, un homme revenant de la foire et un acteur en costume de guésha.

19. — Deux estampes en hauteur. — Un acteur en daimiyo et une courtisane près d'une rivière bordée d'iris.

20. — Deux estampes en hauteur. — Acteurs en costumes de danseuses. Fond gris.

21. — Scène de comédie. Deux acteurs en lutteurs et, entre eux, une femme tenant l'éventail traditionnel du président de la lutte. Estampe carrée de grand format.

22. **Koriousaï.** — Deux jeunes femmes, l'une debout, en robe à décor de plumes de paon. jette sur les épaules de sa compagne accroupie un manteau. Belle estampe de grand format. tirage à gaufrures.

23. **Kitao Masayoshi.** *Riakou gwa Shiki.* — Livre d'esquisses, 1795, 2 vol. in-8, cart., grav. en couleurs Tirage sur papier fort de ces deux volumes curieux et recherchés.

> Ces croquis de Masayoshi sont enlevés en deux coups de pinceau avec une verve intarissable.

24. **Outamaro**. — Deux femmes et un enfant sur un pont. Estampe de grand format oblong en tirage ancien. Œuvre de la première manière d'Outamaro.

25. — La chevauchée devant le Foudji. Estampe oblongue de la jeunesse du maître.

> Un daimiyo à cheval escorté de quatre serviteurs sur le bord d'un torrent. Dans le fond, au-dessus des nuages, le sommet neigeux du Foudji. Tirage au trait avec quelques rehauts de couleurs.

26. — Scène à deux personnages près d'un arbre en fleurs. Une femme en costume à rayures mauves et un jeune homme en robe verte tenant à la main le grand chapeau de paille sous lequel se cachaient les Komoso (gens ayant à venger une offense). Estampe en hauteur).

> Scène tirée de la pièce Tsourou nosougomori.

27. — Un jeune homme découpant un poisson en présence d'une guésha qui le regarde. Estampe en hauteur.

28. — Jeune femme lisant une lettre. Dans l'angle, poésie d'Onono Komati. Estampe en hauteur.


## HIROSHIGHÉ

29. **Les huit vues de la province d'Omi.** Vues du lac Biwa. ADMIRABLE SUITE DE HUIT PLANCHES de format oblong en un album à couverture de soie.

> Cette série, l'une des plus belles du grand paysagiste, se rencontre ici dans un état tout à fait exceptionnel : planches à toutes marges, tirages d'une fraîcheur peu commune, tons d'une transparence extraordinaire dans la dégradation des bleus, des verts et des noirs, tout contribue à faire de cet album la plus belle œuvre d'Hiroshighé qui ait jusqu'ici figuré sur un catalogue de vente.

30. — **Le Kisso Kaïdo.** Description de cette route fameuse par Hiroshighé. 70 estampes en couleur de format oblong, en un album in-4, cart. Exemplaire en excellent tirage.

> Le Kisso Kaïdo, bien plus rare que le Tokaïdo, ne se rencontre presque jamais complet et en aussi bon tirage que dans notre exemplaire.

31. — **Le Kisso-Kaïdo.** Suite de 70 planches en couleur par Hiroshighé, en un album in-4, oblong.

> C'est la même suite que dans le numéro précédent mais avec des tirages

d'une tonalité différente. Les estampes sont en excellent tirage et à toute marge. Les deux exemplaires sont intéressants à comparer entre eux pour juger des effets variés que les graveurs japonais savent obtenir dans le tirage des mêmes planches.

32. — Halte à Foudji-iéda. Groupe animé de portefaix déchargeant des bagages. Belle planche à toutes marges de la série du Tokaido.

33. — La plage de Shira-Suka. Au premier plan, des collines derrière lesquelles passe un cortège de daimiyo. Même série.

34. — Un passeur sur la rivière de Kawa Saki. Même série.

35. — La baie de Mai-Saka, avec de grands pilotis rouges au premier plan. Même série.

36. — Passage d'un Kago à Michima. Curieux effet de brouillard. Même série.

37. — Passage d'une rivière à Odawara; cortège d'un Samourai. Même série.

38. — Halte devant une maison de thé à Totsouka. Même série.

---

39. **Hokusai.** — Les pécheurs au bord de la mer. Une quinzaine de personnages, hommes, femmes et enfants, forment au premier plan des groupes animés. Les flots de la mer sont tirés en gaufrures à sec. Estampe de grand format oblong.

40. — **Yé-hon taikin ô-raï.** Petite encyclopédie d'éducation usuelle ; caractères giosho et transcription hirakana. Illustrations de Hokusai, 1828, in-8, grav. en noir. Exemplaire en beau tirage sur papier fort. Explications manuscrites en tête du volume.

41. — **Fougakou Hiak'kei.** Les cent vues du Fouiiyama, par Hokusai. 3 volumes in-8, grav. en noir et gris d'un superbe tirage.

    Les tomes I et II sont de la fameuse édition de 1830, connue sous le nom d'édition à la plume de Faucon. Le tome III est de l'édition de 1834.

# SECONDE PARTIE

## PEINTURES SUR SOIE

DE

### KANO YOSHI-NOBOU

ÉCOLE DE KANO, XVIII<sup>e</sup> SIÈCLE.

42. Magnifique série de 10 planches sur fond d'or, dont huit représentent des fleurs peintes, avec une vérité et une finesse remarquables. Deux planches à l'encre de Chine complètent l'album et représentent l'une, un personnage, l'autre, deux chauves-souris. Une des planches porte le cachet de Yoshi-nobou. En un volume in-folio oblong, couverture en étoffe.

> Au verso de ce superbe album, on a collé des sourimonos de Toyo-kouni, de Gakoutei et de l'école d'Hokusaï, la plupart fort remarquables. Nous citerons les trois grands sourimonos représentant des danseuses sur fond noir avec une bordure de lanternes rouges dans le haut et, dans le bas, une bordure avec armoiries d'or. — Trois grands sourimonos représentant des guerriers, sur fond d'or. — Trois grands sourimonos représentant des enfants jouant avec leurs mères sur le bord d'une rivière. — Deux acteurs dans un intérieur décoré d'un superbe mobilier. Tirages à gaufrures et à rehauts métalliques.

43. **Gravures de modes du XVIII<sup>e</sup> siècle.** Trois grandes estampes en couleur, de format oblong.

> Pièces intéressantes pour l'histoire du costume, à la cour du Japon.

44. **Karachi-ain.** — Dessins de fleurs et d'animaux, oiseaux, poissons et tortues. 2 volumes in-8, gravures en noir et gris, avec rehauts roses.

45. **Harounobou.** — La leçon de flûte. Élégante estampe en hauteur, d'une tonalité douce et d'un gracieux dessin.

> Une jeune femme s'appuyant sur une main, dans un mouvement de nonchalant abandon, porte à la bouche une flûte que tient un jeune homme assis près d'elle. Tout le fond est lavé à deux tons, jaune verdâtre et gris rosé. Très beau tirage.

46. — Les plaisirs des femmes. Précieuse suite de sept planches

doubles formant une série rarissime en tirage ancien; exemplaire fatigué.

> Ce sont des scènes de la vie élégante au Japon. Des jeunes femmes se livrent à leurs occupations favorites, la lecture, la promenade, la poésie, l'arrangement des fleurs : une charmante estampe, à tons gris et rose, nous montre une jeune femme sur une terrasse dominant la mer. Dans une autre, une femme apparaît dans l'entrebaillement d'une porte ouverte.

48. — Une mère et son enfant. Le bambin gambade tandis que la mère tient au-dessus de sa tête un oiseau dans une cage. La femme est vêtue d'une étoffe à rayures dont la transparence laisse apercevoir les formes de son corps.

> Charmante estampe d'un coloris à tons légers et d'un dessin très élégant.

49. **Tori-i Kiyonaga**. — Superbe estampe en hauteur, format kakémono. Une jeune femme, en robe jaune à décor de chrysanthèmes, est accroupie, écrivant sur un rouleau ; debout derrière elle, une femme, en robe rose, la regarde.

> Estampe de grand style et d'un superbe tirage.

50. — Le ruisseau. Estampe de premier ordre, d'un dessin et d'un coloris admirables. Pièce de grand format en hauteur.

> Dans un paysage, qui se déroule en panorama jusque vers le haut de la composition, coule un ruisseau, bordé d'iris et de joncs. Une jeune femme, les jambes nues, s'apprête à le traverser. Elle allonge le pied, dans un mouvement d'hésitation plein de charme et de naturel. Près d'elle, une autre femme en superbe costume rose, avec surtout noir, forme le centre de la composition et se détache en vigueur sur les tonalités harmonieuses du fond.

51. — Le marchand de poissons. Très belle estampe en hauteur.

> Sur un rivage ombragé d'arbres en fleurs, le marchand est assis près de deux baquets contenant des anguilles et des poissons rouges. A une petite étagère sont suspendus des tortues et des petits bocaux de poissons. Deux femmes debout font leur choix. Au second plan, la rivière, d'un ton gris, et sur l'autre rive, les maisons d'un village. Œuvre remarquable, d'un effet très décoratif. Les figures, le paysage, le coloris, tout est digne du grand artiste qui mérite un des premiers rangs parmi les peintres japonais.

52. **Shounsho.** — Le livre des Cent Poètes. Superbe suite de 104 planches en beau tirage ancien sur papier fort. Édition de 1776.

> Les Cent Poètes et poétesses sont représentés dans leur attitude traditionnelle, et, au-dessus d'eux, on lit une de leurs poésies donnée en fac-

similé. C'est une des œuvres les plus importantes de l'illustre fondateur
de l'atelier des Katsoukawa. Très rare dans un tirage de cette douceur.

53. — Acteur dans un rôle de femme portant un enfant dans ses
bras. — *Shounyei*. Duel au sabre; scène de drame à deux personnages, près d'une cascade. Ensemble, trois pièces en hauteur.

54. **Shounko.** — Portrait de femme encadré dans un éventail.
Estampe, à tons noir et rose, en hauteur. — Un personnage de
drame, à demi-nu, tenant une ancre au-dessus de sa tête.

55. **Shountsho.** — Scène de drame à deux personnages.

56. **Shounten.** — Un personnage, abrité sous un grand parasol,
s'arrête sur le bord d'un ruisseau devant trois grenouilles. Curieuse estampe oblongue dans la gamme des verts. — Rare.

> Voici la légende telle que la rapporte M. Steenackers :
> Ono no Dofou, calligraphe fameux, était un Koughé. Un jour qu'il se
> promenait par un temps de pluie, il vit dans un ruisseau une grenouille
> qui, en sautant, s'efforçait d'atteindre une branche de saule tombant dans
> la direction de ce ruisseau, mais assez haute cependant pour que la gre-
> nouille ne pût y atteindre. Après de nombreux et d'inutiles efforts, la
> bestiole réussit enfin à se cramponner là où elle voulait. — Ono no Dofou
> comprit alors que la persévérance venait à bout de tout, il se mit à étu-
> dier la calligraphie avec ardeur et réussit enfin à devenir un maître dans
> cet art si compliqué. (*Steenackers, Cent Proverbes japonais*, illustrés par
> Uéda Tokunosuké, p. 165).

57. **Koriousaï.** — Jeunes femmes arrangeant des fleurs dans un
vase. Grande estampe en hauteur d'un beau style. — Pièce rare,
d'une tonalité rose et rouge feu.

58. — Scènes érotiques. Deux estampes de petit format carré.

59. **Kitao Shighémasa.** — Légendes et récits pour les enfants,
illustrations en couleurs. Édition de 1791. Volume rare, en beau
tirage.

60. **Outamaro.** — Une courtisane accroupie, jouant du shamisen.
Pièce d'un beau style, tirage à tons éteints sur fond gris. Estampe
en hauteur.

61. **Tsoukimaro.** — Une mère donnant à téter à son enfant. Belle
estampe en hauteur à tons passés.

62. **Soki-jo.** — Bouderie d'amoureux. Estampe en hauteur.

63. **Boun-ji.** — O nan et Chou-yemon. Scène d'amour tirée d'un roman célèbre.

64. **Toyokouni.** — Des acteurs au bord de la mer. Grand triptyque monté sur châssis. — Beau tirage.

> Trois groupes d'acteurs et de femmes marchent sur le rivage. Les acteurs, jambes et bras nus, et couverts d'amples vêtements à rayures, semblent sortir du bain.

65. — Acteurs dans des rôles de comédie en costumes d'homme et de femme. Trois estampes étroites en hauteur, à fond gris.

66. — Acteurs tragiques. Trois pièces étroites en hauteur, fond gris.

67. **Kounisada.** — Le pont sous la neige. Grand triptyque monté sur châssis. Pièce d'un effet curieux.

> La composition est coupée en deux par un grand pont sur pilotis. Dix personnages, hommes et femmes, abrités sous de grands parasols, regardent la rivière. Fond gris piqueté de neige.

68. — Illustration de scènes de théâtre. Édition de 1834. 2 vol. in-8, avec gravures en noir et gris d'un beau tirage.

69. **Hiroshighé.** — Les porteurs de kago. Planche de la série du Kisso Kaïdo. Format oblong.

> Avec un curieux effet de brouillard ; le premier plan est en pleine lumière, au second, les objets apparaissent dans une brume bleuâtre et vont se perdre au troisième dans un brouillard obtenu par un lavis dégradé.

70. — La pluie. Même série.

> Premier plan noir et rouge, les toits et les planches des maisons, les troncs d'arbres, le cheval, sont dans une tonalité rouge brique, les terrains et les feuillages sont noirs. Dans le fond un coin de mer bleue et un ciel d'un ton chaud que vient rayer la pluie.

71. — La rue d'un village aux environs de Yédo. Belle estampe de format oblong, d'un très beau tirage.

> La rue est vue dans une perspective fuyante bien observée. Au premier plan, un groupe de deux femmes qui se battent et que deux hommes essaient de séparer. Près de là, une boutique ouverte, et très éclairée, avec trois personnages. La coloration va se dégradant jusqu'à l'horizon, formé par le bleu du ciel ; les tons sont frais et transparents comme dans les meilleures estampes du maître.

72. — Deux pièces de format oblong. Le Nihon-bashi sous la neige. — Un kiosque près de l'escalier d'un temple.

73. — Les Buveurs de Thé. Livre de peintures et de poésies exécuté pour une Société de Tcha-jins. Un volume illustré de gravures en couleurs, dont quelques-unes fort remarquables.

D'abord quatre planches charmantes représentant les fleurs et les fruits des différentes saisons, puis trois beaux paysages, et la récolte du thé, enfin en douze doubles planches la cérémonie du thé.

74. **Hokusai.** — La porteuse de bois. Charmant sourimono carré représentant une femme de O-hara, avec une charge de bois sur la tête.

Composition gracieuse d'un dessin élégant et d'une coloration harmonieuse.

75. — Les pêcheurs à la ligne. Sous les pilotis d'un grand pont, deux femmes et deux hommes pêchent à la ligne, tandis qu'un enfant regarde dans un baquet les poissons déjà pris. Au second plan, le large lit du fleuve, et, dans le fond, la masse blanche du Foudji. Grande estampe de format oblong, de la série des poésies sur la Soumida.

Œuvre de la jeunesse d'Hokusai, fort rare et intéressante. La planche grise est colorée à trois tons, un vert, un bleu et un jaune.

76. — Le Foudji se reflétant dans la rivière. Une des trente-six vues.

Entre des collines vertes, apparaît le sommet du Foudji qui vient se refléter en vert pâle dans la rivière qui coule au premier plan.

77. — **La Mangwa.** — 10 volumes, tirage en gris et rose.

78. — **Do tshiou gwa fou.** — Description des stations du Tokaido. 2 vol. in-8, cart., gravures, en noir et gris avec une teinte rose.

79. — **Yé hon tchiou kio.** — Devoirs envers le souverain. 1 vol. in-8, gravures en noir.

80. — Grande estampe oblongue. Un daimiyo assis et une danseuse, sur une terrasse dominant un paysage de printemps avec des arbres en fleurs et des papillons. Œuvre de la jeunesse du maître.

81. **Yoshifoudji.** — Les quarante-sept Ronins. Une cinquantaine de planches coloriées en un volume in-4. Belle suite dans le style de Kouniyoshi.

82. **Keisai Yeizen, Kouniyoshi, Kouninao, etc.** — Les lan-

ternes de temples pendant les fêtes. Dessins de scènes bur-
lesques. 5 vol. in-8, cart., gravures coloriées.

> Curieux choix de caricatures et parodies de scènes profanes et sacrées.
> Toute l'histoire du Japon est réunie là, traitée en charge, avec une verve
> et une fantaisie extraordinaires.

83. **Les théâtres** de Kioto, d'Osaka et de Tokio. 3 vol. in-18,
oblongs, gravures en noir.

> On y voit le théâtre avec les accessoires, la salle bondée de specta-
> teurs, la scène et les coulisses et des représentations de drames et de
> comédies.

84. **I-saï.** — Recueil de petits dessins et de compositions pour
laqueurs, graveurs et ciseleurs. 1 vol. in-18, oblong, gravures en
noir. — Choix de dessins variés, 1 volume in-12, gravures en
noir.

85. **Gakoutei.** — Poésies illustrées. Édition de 1824. 2 volumes
in-8, avec les portraits des poètes gravés en noir.

> Œuvre intéressante du célèbre peintre de Sourimonos.

86. — Un superbe sourimono carré à gaufrures et à rehauts d'argent, représentant une dame de la cour sur une terrasse au
milieu du feuillage d'arbres en fleurs.

87. — Un très beau sourimono carré, à rehauts d'or et à gaufrures,
représentant une grande courtisane avec ses deux suivantes en
promenade dans le Yoshiwara pour l'exhibition des nouvelles
toilettes du mois de janvier.

88. — Collection de 56 grands sourimonos, montés au recto et
au verso sur un album in-folio oblong, cartonné.

> Parmi les planches, signalons des grues, des coqs, un singe de Kan-
> zan, des fleurs de To-yen, plusieurs planches de Gesso-shiou, l'éduca-
> tion d'un singe, des lapins tirant sur un bateau dont un autre lapin
> dirige le gouvernail, des ustensiles divers, etc.
> Kanzan, peintre animalier de l'école de Shijo, To-yen, peintre de
> fleurs, de la même école, sont représentés dans cet album par un certain
> nombre d'œuvres aussi rares qu'intéressantes. Les autres artistes appar-
> tiennent aux écoles d'Osaka et de Yédo.

# TROISIÈME PARTIE

8<sub></sub>9. **Six masques anciens.**

## PEINTURES DE L'ÉCOLE DE KANO

90. Une cigogne planant au-dessus d'une vague. Peinture sur papier, montée sur châssis.

90 *bis.* Une chimère, grande peinture à fond gris, montée sur châssis.

— ——— —

91. **Un pêcheur à la ligne,** tirant à lui un gros poisson rouge, qu'il regarde en souriant. Peinture sur papier, montée sur châssis.

92. **Fleurs et papillons.** Belle aquarelle sur soie du peintre Yamamoto. Encadrée sous verre, large passe-partout doré, cadre noir.

93. **La chasse aux oiseaux.** Longue peinture dans le genre de Kiosaï. — Douze personnages, armés de longs bâtons, se livrent à une course désordonnée en poursuivant trois oiseaux. Montée sur châssis. Déchirure à l'angle supérieur, dans le gris du papier.

> Cette composition mesure 1 m. 50 c. de long. Elle est dessinée en traits vigoureux avec légers rehauts de lavis; le terrain est indiqué par un lavis d'encre de chine.

## HAROUNOBOU

CHOIX DE SEPT BELLES ESTAMPES DE PETIT FORMAT<br>EN BON TIRAGE ANCIEN.

94. — Les rizières. Un homme et une femme allumant leur pipe près d'un champ de riz couvert d'eau.

95. — La Barque. Deux jeunes femmes dans une barque. L'une se penche pour couper des nénuphars. Curieuse estampe d'essai, au trait noir.

96. — Un Samouraï, une jeune femme et un petit garçon, près
d'un arbre en fleurs. Ciel rose, terrain vert.

97. — La neige. Scène à deux personnages. Une jeune femme rat-
tachant les géta de sa compagne, abritée contre la neige par un
large parapluie. Dans le fond, le cours d'une rivière et une barque rouge à demi-couverte de neige.

98. — Les iris. Deux femmes, dont l'une accroupie cueille des
iris. Elle s'abrite, sous un large parapluie jaune, contre la pluie
qui tombe.

99. — Le jeu de mains. Deux guéshas accroupies et une troisième
debout, un shamisen à la main.

> Ce jeu s'appelle en Japonais ken. Il existe, dit M. Appert, une assez
> grande variété de ces jeux, tous sont prisés et pratiqués dans les fêtes de
> guéshas (le tohachi, le jauken, le houken, la choukina, etc.)

100. — La cueillette des pousses de sapin. Ciel jaune-rose, terrain gris.


### TOYOHIRO

101. Des grues dans les roseaux. Intéressante estampe en noir.


### TOYOKOUNI

102. — Le drame des Ronins. Série complète et assez rare, com-
posée de six planches en hauteur, représentant les principaux
épisodes du drame.

103. — Les Ronins. Deux planches de grand format oblong, en
bon tirage ancien. Deux épisodes du drame, d'une série fort rare.

104. — Les laveuses. Beau diptyque. Près d'un torrent quatre
femmes, l'une plongeant le linge dans l'eau, deux autres en beaux
costumes l'épongeant avec leurs pieds, la quatrième près de son
battoir.

105. — Femmes de maison verte s'exerçant au tir à l'arc. Planche
en hauteur à deux personnages. — Kiyonaga. Scène de théâtre. Un homme et une femme, en costume rose et noir, sous un
large parasol. Au second plan, trois musiciens.

## OUTAMARO

106. Les occupations journalières de la vie des femmes au Japon. Précieuse série de huit planches charmantes, montées sur papier fort et réunies en un album in-4, cart.

> M. de Goncourt cite, pages 180 et 181, cette suite de planches parmi les plus rares d'Outamaro. Chaque estampe est à deux personnages en pied, soit deux femmes, soit une femme et un enfant. L'exemplaire est d'un beau tirage à tons élégants.

107. — La baignade; un homme et une femme dans une barque. avec deux enfants nus. — Courtisane arrangeant des fleurs. — Une dame ajustant un Kansashi dans sa chevelure. Trois estampes.

108. — Scènes de maisons vertes : Femmes à leur toilette. — Femme avec un vase de fleurs. Deux estampes.

109. — Le désespoir. Une femme se tordant les mains. — Deux femmes près de chrysanthèmes dans un vase. De la série des poètes. Deux estampes.

110. — La toilette de Kintoki. Avec un ours noir au premier plan. — Deux femmes et un Samouraï. dans la campagne. Deux estampes.

111. — Deux enfants et une femme jouant du shamisen.

112. — Trois femmes sur une terrasse. — Une mère amusant un petit garçon en tirant des fusées. Deux estampes.

113. — Désespoir d'amoureux. Deux femmes et un jeune homme, qui se jette à terre ; ses cheveux en désordre, ses yeux éteints, son geste témoignent d'une complète prostration. Fond gris avec un arbre en fleurs.

114. — Kintoki et sa mère. L'enfant rouge joue avec deux poupées représentant Dharma et Daikokou.

114 *bis*. — Une jeune fille avec sa poupée. — Une mère tenant dans ses bras un petit garçon; derrière elle, un autre enfant tirant la langue. Deux estampes.

115. — Deux jeunes femmes en costume rose et un enfant en robe verte.

116. — Deux femmes en robes grises décorées d'armoiries. L'une accroupie tient une poupée d'acteur en costume noir. — La collation. Une jeune femme, en robe rose, tient une corbeille de fruits et, au premier plan, un enfant présente à sa mère une coupe de saké. Deux estampes.

117. — Trois estampes représentant des jeunes femmes à leurs plaisirs.

118. — La terrasse. Sur une terrasse dominant le cours sinueux d'un torrent, trois jeunes femmes prennent congé d'une quatrième qui, accroupie, tient un shamisen à la main. — Deux femmes près d'un banc, fond de paysage. Deux estampes.

119. — Trois femmes se baignant les pieds dans un torrent. — Trois dames de la Cour près d'un tsuitate rose. Deux estampes.

120. — La scène de l'espion, dans la parodie des Ronins. — Une dame regardant une peinture. Près d'elle, deux suivantes, et, dans le fond, un kiosque d'une belle architecture et un paysage. Deux estampes.

121. — Une dame noble descend de son kago. Elle est entourée de quatre suivantes.

122. — Les ivrognes. Trois personnages, ayant abusé du saké, se livrent à une danse désordonnée.

    Estampe de tons passés.

123. — Trois estampes. Scènes diverses.

124. — Des femmes préparant de la terre à cuire. Scène à quatre personnages. — Deux femmes sur une terrasse. L'une joue du shamisen. — Un homme et deux femmes sur un fond de paysage. Trois estampes.

125. — Une courtisane accroupie, un shamisen à la main. — Une terrasse avec deux femmes en costumes à curieux décor. Derrière le treillis jaune qui forme le fond, on distingue la silhouette d'un troisième personnage. Deux estampes.

126. — Les glycines. Sous une treille de glycines, deux femmes, l'une accroupie, l'autre debout, portant, sous son bras, une grande boîte laquée. — Une femme déroulant un long maki-

mono, et, au premier plan, une autre femme tenant un verre à la main, et, près d'elle, deux enfants. Tirage rose. Deux estampes.

127. — La barque. Une femme lavant sa coupe à saké dans la Soumida et, au-dessus d'elle, deux femmes accoudées. Dans le fond, d'autres barques décorées de lanternes rouges. Quatre femmes dans une barque, tenant des instruments de fête. — Une danseuse, en costume rose, au milieu d'une dizaine de personnages; fond de paysage. — Deux estampes.

128. — La partie de balles. Une jeune femme, en costume noir et rose, aux plis flottants, s'apprête à recevoir, sur sa raquette, une balle. Derrière elle, une autre femme, en costume à rayures bleues.

129. — Une envolée d'oiseaux, effrayés par un petit garçon qui frappe dans ses mains. Au premier plan, une femme portant un enfant dans ses bras.

130. **Shiko.** — Scène à trois personnages près d'une bouillotte à thé.

131. **École d'Outamaro**. — Jeux d'enfants. Trois jolies estampes de petit format.

132. **Hiroshighè**. — Vues des environs de Yédo. Quatre planches en hauteur.


## SOURIMONOS

133. *Gakoutei et Kounisada*. — Trois sourimonos de format carré. Une dame de la cour sur le bord d'un ruisseau. Une dame dans une barque. Jeune femme enfilant une aiguille.

134. *Toyokouni, Kounisada et divers*. — Six sourimonos, format carré. Scène populaire, acteur, courtisane, scène de drame, etc.

135. *Hokkei*. — Les tortues. — Divers ustensiles près du pilier d'un tori-i. — *Tsoukimaro*. Kintoki tuant un oiseau de proie. Pièce à semis d'argent. Trois sourimonos de petit format.

136. *Kounisada et divers*. — Quatre sourimonos acteurs etc.

137. *Hokusai*. — Un grand corbeau noir et un long sabre avec four-

reau rose. — *Sada hidé*. Une paysanne avec une charge de bois sur la tête. Elle tient un bœuf en laisse. Deux sourimonos.

138. — Deux sourimonos. Des oiseaux volant au-dessus d'une vague dans laquelle on distingue un coquillage. — Une tasse rose.

139. *Hokkei*. — Une buche noire. — Shighénobou. — Un animal fantastique, se détachant en relief sur un couvercle en argent.

140. Jeunes femmes se divertissant. Estampe sur crépon à tons vifs, encadrée sous verre.

# PEINTURES CHINOISES

## PEINTURES A L'HUILE, EXÉCUTÉES EN CHINE
## AU XVIIIᵉ SIÈCLE

*Trois tableaux, largeur 0,62, hauteur, 0,50*
*Cadres en bois noir.*


141. Un jeune lettré, en riche costusme, s'approche en souriant
d'une maison à la fenêtre de laquelle une femme le regarde.
Celle-ci est vêtue d'une robe rouge; elle ajuste sur sa tête une
couronne; derrière elle, une suivante s'apprête à poser un manteau sur ses épaules.

> Les costumes et les ornements sont étudiés avec ce soin minutieux du
> détail qui caractérise les œuvres de l'école chinoise. Mais les expressions
> des physionomies, le modelé des figures, le jeu des lumières et des om-
> bres portées, même le coin de paysage entrevu à travers une fenêtre,
> tout dénote une influence européenne.

142. Les joueurs. Quatre personnages, assis autour d'une table
se livrent avec grande animation à un jeu de hasard. Derrière
eux, un jeune garçon tient un petit sac. Au mur, un grand paysage en grisaille et des inscriptions en belle calligraphie chinoise
sur longues bandes rouges. Par la porte ouverte, on distingue
un mur et un coin de ciel, avec le feuillage sombre d'un arbre.

> Intéressante peinture, malheureusement un peu détériorée, mais qu'il
> serait facile de restaurer. Le groupe des joueurs est très vivant, très natu-
> rel, très bien observé. Le costume et le bonnet d'un personnage qui se
> lève pour s'accouder sur la table, indiquent que la scène se passe vers
> l'époque de Kang hi. Mais la peinture, comme les deux autres, doit dater
> du règne de Khien-Long.

143. Les cartes. Trois jeunes dames, assises sur une terrasse,
jouent aux cartes. Près d'elles trois enfants et, dans le fond, un
beau paysage traversé par une rivière. Au premier plan, un saule.

> Mêmes observations que ci-dessus. Dans le bas de la toile, une piqûre
> de clou.
> Ces trois peintures, intéressantes, ont été rapportées de Chine en 1807,

par le célèbre orientaliste J. Klaproth (1783-1835). Celui-ci accompagnait
une ambassade russe dirigée par le comte Golovkine et le comte Jean
Potocki ; les mésaventures de cette expédition ont été racontées par
M. Landresse dans la notice biographique qu'il a consacrée à Klaproth
(*Journal asiatique,* septembre 1835).

On sait que des missionnaires de la compagnie de Jésus importèrent
en Chine, dès la fin du xvi⁴ siècle, les procédés artistiques européens.
Sous Khien-Long (1736-1796), les PP. Castiglione, italien, et Attirêt, de
Dôle, qui avaient fait en Europe de sérieuses études de peinture, exé-
cutèrent pour le palais impérial plus de 200 tableaux (cf. *Feuillet de Con-
ches. Les peintres européens en Chine. — Paléologue. L'art chinois).* Une
autre influence européenne se fit également sentir à Macao et de là à
Hongkong et à Canton. C'est probablement dans un de ces ateliers que
nos trois peintures ont été exécutées.


## AQUARELLES CHINOISES

*Deux peintures, hauteur 0,35, largeur 0,26.*

Ces peintures du style de la Chine méridionale, sont d'une bonne exécution, d'un dessin très arrêté, d'un lavis léger. Elles ont été aussi rap-
portées par Klaproth.


144. Un paysage, avec des terrasses qui s'élèvent en perspective
jusque dans le haut de la composition. Au premier plan, un
artiste peint des roseaux, à l'aspect calligraphique, sur un kakémono. Il est aidé dans son travail par deux femmes et un enfant.
Encadré.

145. Un kiosque élégant, au premier étage duquel on voit un
personnage assis se préparant à boire une tasse de thé. Une jeune
femme et deux enfants sont sur le balcon. Dans le bas, un homme
les regarde. Il s'appuie sur un petit cheval et semble arriver de
voyage. Au fond, un paysage montagneux. Encadré sous verre.


## GRANDE PEINTURE ALLÉGORIQUE

Exécutée à l'aquarelle et mesurant 2 m. de long sur un m. de large.
Œuvre d'un grand intérêt, dans le style de l'école de Parme, et provenant du palais impérial de Péking.

146. Une muse, ayant à ses pieds des attributs de musique, dépose
une couronne de laurier sur la tête d'un petit génie, portant une
branche de lis. Apollon, sa lyre à la main, et couvert de draperies
flottantes, est assis sur un nuage et semble repousser le Temps.

flottantes, est assis sur un nuage et semble repousser le Temps, personnifié par un vieillard avec une faux, à l'extrémité de la composition. Une curiosité est à signaler. La Muse, conçue dans le style et avec le costume des vierges italiennes de l'époque, est chaussée de pantoufles chinoises.

Œuvre très curieuse par sa provenance, et d'une exécution fort remarquable. Nous avons dit plus haut que les jésuites Castiglione et Attiret avaient exécuté de grandes peintures décoratives pour le palais impérial. Le second, en arrivant à Péking, avait exécuté pour Khien-Long une peinture à l'huile représentant l'*Adoration des Mages* qui avait enthousiasmé l'Empereur. Mais bientôt celui-ci était revenu sur sa première impression et avait exigé que les peintures du palais fussent exécutées à l'aquarelle. Il reprochait à l'huile son luisant et son vernis. « La « détrempe, disait-il, est plus gracieuse, et elle frappe agréablement la « vue, par quelque côté qu'on la regarde. Ainsi, il faut qu'après que ce « tableau soit fini, le nouveau peintre peigne de la même manière que « tous les autres. Pour ce qui est des portraits, il pourra les faire à « l'huile. Qu'on obéisse ! » (Lettre du P. Amyot). Notre peinture est probablement une de celles qui, conformément à la volonté impériale, furent ainsi exécutées à l'aquarelle pour décorer quelque pièce du palais.

**147. Superbe suite de huit grandes aquarelles chinoises.** Exécutées sur soie et représentant des oiseaux, et des branches d'arbres en fleurs. Chacune de ces pièces mesure o m. 40 c. de largeur sur o m. 40 c. de hauteur. Elles sont montées sur carton et réunies en un album in-4, cart.

Les peintres chinois se sont montrés d'une grande habileté dans la peinture des oiseaux et des fleurs. Ils y excellaient déjà au temps de la dynastie des Ming (xv<sup>e</sup> siècle). La facture est d'une grande légèreté, d'un fini étonnant dans les moindres détails. C'est en ce genre que ces artistes peuvent le mieux séduire les yeux européens. Les huit planches composant notre album sont réellement des pièces de choix. Elles datent du commencement du siècle et méritent toute l'attention des collectionneurs.

**148. Peinture de l'école chinoise** sur un éventail. Encadrée sous verre.

Peinture sur soie à l'encre de Chine, représentant un paysage rocheux, avec une pagode, un pont naturel, etc.

**149. Peinture de l'école chinoise** sur éventail. Encadrée sous verre.

Paysage montagneux avec un pont naturel sur un torrent. Peinture à l'encre de Chine sur papier.

15o. **Le jeu de dames**. Grande aquarelle chinoise, sur papier, mesurant, en hauteur 1 m. 25 c., en largeur 0 m. 38 c. Cadre en bois de fer, avec glace.

> Deux jeunes femmes jouent aux dames sur une table de pierre ; une suivante leur apporte du thé. Plus haut dans la composition, une autre femme, dissimulée derrière le tronc d'un saule, les regarde. La scène se passe dans un joli paysage, au milieu duquel coule une rivière, que traverse un pont de bois.

15r. **La sieste**. Quatre jeunes femmes sur le balcon d'un kiosque élégant. Au premier plan, des arbres en fleurs, le feuillage d'un bananier, etc. ; dans le fond, des rochers et, au-dessus, le disque de la lune. Aquarelle gouachée, sur papier, mesurant, en hauteur 1 m. 25 c., et en largeur 0 m. 38 c. Cadre en bois de fer, avec glace.

> Cette peinture et la précédente se font pendant, elles sont d'un aspect très décoratif.

152. **Paysages chinois.** Suite de quatorze peintures représentant des paysages, des montagnes, des vues panoramiques, exécutées à l'encre de Chine et rehaussées de quelques teintes légères.

> Œuvre curieuse d'un artiste chinois qui, dans la plupart de ces compositions, fait preuve d'une réelle connaissance de la perspective, rend habilement les effets de brouillard, les tons dégradés des lointains et montre en un mot, toutes les qualités de cette école chinoise qui, dans le paysage, a mérité une si haute réputation.

153. **La Construction de Ponts sur un torrent**. Longue peinture à l'aquarelle sur papier. Rouleau de 4 mètres de long.

> Dans un paysage montagneux, au milieu duquel un torrent se précipite en cascade, on voit un Gouverneur assis au milieu de sa Cour. Il donne des ordres, et les chefs de travaux les transmettent à de nombreux ouvriers. Ceux-ci travaillent nus au milieu des rochers. Tous sont à l'œuvre avec une énergie remarquable. Les uns préparent des coins de fer, d'autres portent des pierres, d'autres plantent les coins dans la roche, abattent les arbres, etc. Scènes très animées, très vivantes. A l'extrémité de la composition une plage hérissée d'écueils, et battue par la mer. Au fond le soleil se couchant derrière les montagnes.

154. **Les métiers de la Chine**. Suite intéressante de 120 planches finement gravées au trait et représentant les artisans chinois se livrant à leurs travaux. Tous les ustensiles sont dessinés avec soin et chaque planche est accompagnée d'une explication en anglais. Quelques mouillures.

**155. La culture du riz**, l'éducation des vers à soie et la fabrication de la soie en Chine. Un volume, in-4, comprenant une cinquantaine de planches en noir, gravées sur bois et accompagnées d'un texte explicatif.

> Ouvrage intéressant gravé au xviii<sup>e</sup> siècle. On y voit les semailles, la culture et la récolte du riz se terminant par les remerciements de la famille aux dieux protecteurs. La seconde partie est consacrée à l'éducation des vers à soie, à la culture des muriers, à la récolte et au tissage de la soie. Les planches méritent l'attention aussi bien pour le dessin et la composition que pour l'intérêt du sujet. Chaque gravure forme comme un petit tableau de la vie réelle en Chine.

# MANUSCRITS ORIENTAUX

## A MINIATURES ET ENLUMINURES

156. **Faras Nameh. Le livre des chevaux**. Traité de l'art de
connaître les chevaux, composé par Seyyd Abdallah Khan Beha-
dir pour l'empereur Chàh Djihan. Manuscrit persan, décoré de
vingt et une miniatures représentant des chevaux de différentes
couleurs et de différentes espèces sur fond de paysage, avec des
instructions sur la nourriture qu'il convient de leur donner, le
traitement de leurs maladies, la manière de les dresser, etc.
Volume in-8 dans sa reliure originale à riches compartiments
gaufrés, peints et dorés, mais malheureusement endommagée.

> Ce manuscrit exécuté dans l'Inde est un beau spécimen de calligra-
> phie persane. Outre les vingt et une miniatures représentant des che-
> vaux, il contient deux pages richement enluminées, avec ornements
> peints et dorés.

157. **Les sandales du Prophète. Manuscrit arabe d'une superbe écriture**. Chaque page est encadrée de riches entrelacs
d'or et rehaussée d'ornements peints et dorés. Quatre planches
représentent les sandales du Prophète, au milieu de branchages
et de fleurs en or sur papier à tons dorés. In-8, reliure orientale.

> Ce beau manuscrit contient deux poèmes.
> En voici les titres : *Nefehat el anberièh fi na' al Khair el berrièh*. Les
> souffles ambrés au sujet des sandales de la plus parfaite des créatures.
> Poèmes sur les sandales du Prophète par Abderrahman ibn Mohammed,
> natif de la Mekke, surnommé Alhay et Aboul Hassan Aly Elkhazardjy,
> natif de Fez.

158. **Mevloud Nameh**. Poème turc en l'honneur de la nais-
sance du Prophète. In-12, reliure orientale.

> Joli manuscrit turc en petite écriture fine à deux colonnes; chaque
> page est encadrée d'ornements dorés, représentant des fleurs. Il est dé-
> coré d'une intéressante miniature nous montrant le Prophète dans une
> gloire. Près de lui, l'ange Gabriel; derrière, un autre ange lui apportant
> une couronne; au-dessous, trois anges aux ailes peintes et dorées.

159. **Machk. Spécimens de calligraphie turque**. Suite de dix
pages d'écritures, exécutées par un artiste célèbre et montées

sur des feuilles de carton décorées de diverses couleurs, en un
album in-12, reliure orientale.

> On connaît le goût des Orientaux pour la calligraphie; c'est pour eux
> l'art des raffinés et des délicats. Ils le placent au-dessus de la peinture
> et l'on voit, en Égypte, en Perse et en Turquie, des œuvres de calligra-
> phes fameux atteindre des prix analogues à ceux des tableaux de nos
> grands maîtres. Notre manuscrit est un charmant spécimen de la calli-
> graphie turque au commencement de ce siècle.

## FIRMAN D'INVESTITURE PEINT ET ENLUMINÉ

160. Firman du sultan Ahmed donnant à Khalil Pacha l'in-
vestiture de Braïlah (1120 de l'hégire). Long rouleau de 1 m. 70 c.
en superbe calligraphie turque, (*écriture diwani*) saupoudrée
d'or; les lignes courent entre des guirlandes de fleurs peintes et
dorées. Dans la partie supérieure le *toughra* du sultan, en or
sur fond bleu à fleurettes roses est surmonté d'un grand orne-
ment triangulaire en if, richement décoré; de chaque côté, des
fleurs et des ornements peints en or sur fond bleu. Le firman
est dans son étui en cuir.

> Très beau spécimen de l'art calligraphique en Turquie. Il est fort
> rare de trouver une pièce de cette importance dans une vente; ce sont
> des document précieusement conservés par les familles turques comme
> chez nous les titres de noblesse. La riche ornementation du firman indi-
> que d'ailleurs son importance. Le sultan Ahmed qui l'a signé était le
> fils de Mahomet IV, ce fut lui qui, après la bataille de Pultawa, donna
> un asile à Charles XII et battit Pierre le Grand sur le Pruth (1711); c'est
> lui aussi qui conquit la Morée sur Vénitiens.

## DÉBARQUEMENT D'UNE AMBASSADE SIAMOISE
## DANS LE PORT DE BREST

161. Peinture du xvii^e siècle, exécutée d'abord sur éventail et transportée sur bois. Dans un cadre ancien en bois doré.

CURIEUSE ET INTÉRESSANTE PEINTURE HISTORIQUE

C'est la seconde ambassade envoyée à Louis XIV par le roi de Siam Phra-Naraï, à l'instigation du Grec Constance (Constantin Phaulkon), dont il avait fait son favori. Les ambassadeurs furent installés sur le vaisseau français l'*Oiseau* et sur la frégate *La Maligne*, commandés par Vaudricourt et Joyeux, qui avaient amené à Siam une ambassade française dirigée par le chevalier de Chaumont. C'est le 18 juin 1686 que l'*Oiseau* et *La Maligne* rentrèrent dans la rade de Brest. Notre peinture nous montre le débarquement. Les deux vaisseaux sont amarrés dans le port. Les fanfares éclatent joyeuses, on amène à terre les bagages et les présents. Les vingt mandarins forment deux groupes; les uns suivent M. de Chaumont, les autres conduits par l'abbé de Choisy, interprète de la Mission, sont reçus par le Gouverneur et son escorte. Des troupes font la haie. On peut lire l'histoire de cette ambassade dans l'*Étude historique sur les Relations de la France et du Royaume de Siam, par Lucien Lanier*.

———

162. **Aquarelle de H. Guérard** sur éventail. Encadrée sous verre.

Curieuse imitation de peinture japonaise, par un Européen. Le sujet principal représente trois Japonais, dont l'un, perché sur un escabeau, fiévreusement occupés à peindre une grande monnaie d'or. Dans les angles, deux autres personnages peignent des batons d'encre de Chine. La peinture est exécutée sur un tissu damassé écru.

———

163. **Gonse (Louis). L'art japonais.** *Paris, Quantin,* 1883, 2 vol. in-4, richement illustrés, cartonnage en crêpe du Japon.

Exemplaire sur papier vélin.

164. **Anderson. The pictorial arts of Japan**, with a brief historical sketch of the associated arts and some remarks upon the pictorial art of the Chinese and Koreans. *London,* 1886, in-4, avec nombreuses illustration, et planches en 4 cartons.

———

Le Puy, imp. Marchessou fils, 23, boulevard Saint-Laurent